내일이면 다시 만나리

내일이면 다시 만나리

초판인쇄 · 2015년 9월 24일
초판발행 · 2015년 10월 5일

지은이 | 박영무
펴낸이 | 서영애
펴낸곳 | 대양미디어

출판등록 2004년 11월 제 2-4058호
100-015 서울시 중구 충무로5가 8-5 삼인빌딩 303호
전화 | (02) 2276-0078
팩스 | (02) 2267-7888

ISBN 978-89-92290-88-3 03810
값 10,000원

이 도서의 국립중앙도서관 출판예정도서목록(CIP)은 서지정보유통지원시스템 홈페이지
(http://seoji.nl.go.kr)와 국가자료공동목록시스템(http://www.nl.go.kr/kolisnet)에서
이용하실 수 있습니다.(CIP제어번호 : CIP2015024933)

내일이면 다시 만나리

박영무 시집

대양미디어

시간의 가치 기준

시간에 대하여 굳이 논하고 싶진 않다. 하지만 시간은 우리 인생의 전부이며 과거, 현재, 미래이다. 이렇게 주어진 틀 안에서 온갖 사연이 진행되고 소멸된다.

타인의 시간을 말하려는 건 아니다. 나에 대하여— 그러므로 내가 존재하는 현재에 대하여 말하고 싶을 뿐이다.

잃어버린 것들은 무엇이며 아직도 찾아내기 위한 몸부림은 무엇인가? 나의 과거와 현재, 현재와 미래에게 주어지는 가치기준은 무엇인가? 모든 것은 지나고 나면 내려다보인다. 그동안 시집을 몇 번인가 내면서 깨달았다. 시간은 존재의 가치기준이라는 것을.

지난번의 완숙하지 못했던 부분들을 보다 더 잘 다듬어서 세상에 씨를 뿌려놓고 싶은 깨달음이다.

현대시의 난해한 자가당착을 눈여겨보면서 자연이 예시해 주는 자연 그대로의 노래를 부르고 싶었다.

우리에게 주어진 숙명적 혈맥이라는 자아의식을 일깨우려는 심정으로 내 심원의 저변에서 우러나는 그대로의 노래를 고집하고 싶었다.

사랑하지 않은 사람에게 사랑의 시를 노래할 수 없으며 사랑하는 사람에게 사랑한다는 노래 한마디 입술 꾸욱 다물 수는 없었다.

거듭 말하거니와 시의 어떤 기교보다는 가슴의 뼈 속에서 터져 나오는 그대로를 노래했노라는 고백을 삼가 헤아려 주기 바라면서 머리말을 맺는다.

2015년 입추절에

저자 박영무 書

차 례

제 1 부

무심결에 씨앗이 하나

◇머리말
005 · 시간의 가치 기준

017 · 무심결에 씨앗이 하나
018 · 바람의 열차
020 · 그 옛날을 말하는가
022 · 사랑아, 서러워 말자
024 · 사랑하며 용서하며
026 · 내일은 행복
028 · 푸른 솔 한 그루

제 2 부
멈추어 있어도
멈추지 않는 것

033 · 멈추어 있어도 멈추지 않는 것

034 · 아내의 잠든 얼굴

036 · 파도여, 파도여

038 · 내 영과 육의 잔물결 위에

039 · 내게로 다시 오라

제 3 부

내일이면
다시 만나리

043 • 풀꽃 한 송이

045 • 푸른 별로 눕는다

047 • 임진강변에서

050 • 마지막 타오르게 하소서

052 • 내일이면 다시 만나리

제 4 부

내려놓으면
하늘이 보인다

057 · 숨은 그림 찾기

058 · 스마트폰의 반란

060 · 보리차 한 잔

061 · 말세의 표류기

062 · 내려놓으면 하늘이 보인다

제 5 부

고뇌하며
사랑하라

067 · 고뇌하며 사랑하라

068 · 어리석음도 사랑이 되는 진실

070 · 흔들리는 바람으로

071 · 산소 한 모금이 그립다는 것

072 · 잊혀진 자아

제 6 부

인고의 눈물은
약이 되는 것

077 • 하얀 겨울의 자화상

078 • 도시의 하루

080 • 내님으로 오시는 꽃
   ―백련白蓮

081 • 인고의 눈물은 약이 되는 것

082 • 우리 다시 만날 수 있을까

제 7 부

사랑하기에
그리운 것을

087 · 소녀의 꿈

089 · 그대의 푸른 강

091 · 사랑하기에 그리운 것을

◇박영무 시집 『내일이면 다시 만나리』

093 · 존재의 행간, 그 사랑 시학

제1부

무심결에
씨앗이 하나

무심결에 씨앗이 하나

가는 길 가노라면
그냥 가야하지 않겠는가
허공에 그려주고 간
하—얀 손짓 잊은 지 오래
오늘 다시 뒤돌아보면
그대 아직
그 자리에 서 있고
꽃 지고 잎새 져도 그대 그 자리에 서 있네

뒤돌아보지 말게나
가슴 속에 어물어도 허상인 것을
물속에 어리는 고운 그대 그림자 꺼내어
손에 꼬옥 쥐어보아도
손금에 젖어오는 건
그대 눈물이어라

무심결에 씨앗이 하나

바람의 열차

새벽닭이 울어서야
알에서 깨어난 바람의 열차는
마침표가 없는 레일 위에서
우리네 밥숟갈만큼이나 비례하는 365일을
머리에 이고
물구나무서기― 거꾸로 거꾸로만 질주한다

풀잎에 잠시 메달린
한 방울의 이슬방울일지라도
해맑은 반짝임일 수 있게
그 모습 그대로 놓아두어야 한다

한 떨기 꽃을 피워내기 위한 간절함에
잠못 이루거든
꽃보다 더 향기로운 일깨움을
스스로 움 틔울 순 없을까
징검다리 건너가는 꽃구름에게
손을 흔든다

사랑은 바퀴도 없이 달려가는
바람의 열차인가

지워도 지워지지 않는
나의 이 그리움

그 옛날을 말하는가

여로에서 꽃잎 떨구어도
그대 눈물은 향기되어 날으네
아, 그 옛날을 말하는가

심장에 타오르는 불면의 모닥불은 뜨겁고
더딘 밤은 쉴 새 없이
그 옛날을 부둥켜안은 가슴으로
목이 메인다

다시 태어나면
우리 다시 만날 수 있을까
그대 하나만을 사랑하노라
가슴 찌잉하도록 사랑하노라
간곡함이 증언하여 주련만
아, 자욱한 그 옛날을 말하는가

고왔던 날들은
그대 곁에

한평생을 머물고 있어도
아침나절 눈부심인
하얀 목련처럼 지고 마는가

찬란했던 날들은
한순간의 바람결에 흩날리는데
아, 그 옛날을 말하는가
그, 한순간을 말하는가

사랑아, 서러워 말자

너는 나에게 상처를 주었어도
나는 너에게 사랑을 보낸다
사랑아, 서러워 말자

날개도 없이,
날개도 없이,
어디론가 날아가 버린 너의 모습
절실함에 피를 태워도
두 번 다시 서러워하지 않는다

서러움 버거워도
눈물 닦아내며 지워내며
고운 씨앗 묻어두고 산다

견딜 수 없는 상실감이 너무 뜨거워서
불길에 휩싸일 때
흐르는 강물을 따라 강변길을 걷는다

너는 나에게
한 평생 지울 수 없는 그리움을 안겨주었어도
나 이렇게 먼 후일에도 고운 사랑을 보낸다
사랑아, 서러워 말자
아직 때묻지 않은 눈물을 엮어
방울방울 그리움을 엮어
너에게 바친다
사랑아, 서러워 말자

사랑하며 용서하며

사랑이 아름다운 꽃이라면
용서보다 더 고운 꽃이 있으랴

삶이란 한 방울의 이슬인 것을
허구헌 날 눈부심이어라
허구헌 날 덧없음이어라

그대, 가시침 박아두고
응어리지는 아픔 어디에 쓰이려는가

벌거숭이 나목들을 보아라
시들어도 시들지 않는 풀잎들의
지극함을 보아라

언 가슴 서로를 부둥켜안고
역겨움도 꽃이 되는
자비의 눈매를 보아라

우리에겐 아직도
만나야 할 내일이 있다
우리에겐 아직도
아름답게 살아가야 할
희망의 씨앗이 있다

사랑은 용서를 낳고
용서는 사랑을 낳는다

내일은 행복

날이 저물면
강 건너 강나루엔
오색불빛 흐드러지고
사람들은 주어진 하루를 마감 지으며
내일의 염원을 끌어안은 채
잠이 든다

주어진 오늘 하루가 비록
지쳐버린 시련일지라도
삶의 지극함은 한사코 이어가리니
우리들의 사랑 또한
때 묻지 않은 별빛 되어 영롱하리니

밤하늘 가득히 반짝이는
별빛 중에
그대 위한 별빛 한 움큼
딱 한 움큼만 손에 쥐고
그대 곁에 머물고 싶다

가버린 우리의 사랑은
다시 돌아오지 않아도
변함없는 그리움은
해맑은 별빛에 스치운다

내일이면 행복해야지
아름다운 모습으로 사랑해야지

푸른 솔 한 그루

고갯마루 언덕에 홀로 서 있네
소나무 한 그루
공연히 휘파람 불고 싶었을까
솔잎이 먼저 울어가네

하─얀 눈송이 나래를 펴는
하─얀 그 마음
기다림의 창은 닫혀 있겠지

강물이 흐르거든
흐르는 걸 묻지 말게나
바람이 불어가거든
불어가는 걸 붙잡지 말게나

가는 길,
오는 길,
그냥, 바람이라네
그냥, 강물이라네

질긴 건 목숨인 것을
질긴 건 그리움인 것을
이 기다림을 아는 듯
모르는 듯
푸른 솔 한 그루

홀로 서 있네

제 2 부

멈추어 있어도
멈추지 않는 것

멈추어 있어도 멈추지 않는 것

삶의 넝쿨이 휘감는
엉겅퀴 같은 심술쟁이
보상 받을 수 없는 과거의 상처가
공간 한 켠에 멈추어 있는 현재는
머뭇거림도 없이 흐른다

삶은 과거 속에서 현재를 후회하며 흐르지만
다독여주는 삶이 아닐지라도
저어기 만큼의 꽃님이 있고
저어기 만큼의 별님이 반짝인다

망각은 행복을 의미하는 것일까
생이란 외길을 돌아 원점에 이르는 것
한숨으로 얼룩진 자국 닦아낸
유리창 너머
멈추어 있어도 멈추지 않는 발자국소리
그대, 회전목마를 타고 맴을 돈다

아내의 잠든 얼굴

나를 따라 살지 않았더라면
저리도 가슴 저리며 살지 않았을 걸
수많은 노동의 흔적들이
잠이 든 얼굴에서 훈장처럼 반짝인다

우리 게으르지 않고 열심히— 열심히
일을 하며, 알뜰살뜰 서로를 아껴주며,
정직하게 살아왔어도
이 가난을 아직 벗어나지 못했구려!
빠듯한 살림살이도 버거운데
무거운 짐 지워준 이 목숨이
죄인이라며 푸념을 할 때마다
가난은 죄가 아니니 걱정 말고
건강이나 잘 챙기세요!!
되레 걱정해 주는 아내여,
아픈 곳 없이 웃음 웃고 사는 삶이
행복한 삶이 아니겠느냐고
수월하게 웃어넘겨버리는 나의 천사여,

잠이 들어서야 행복해지는 사람아!
자린고비 못 박힌 자국
얼마나 쓰리고 아팠을까
내 심장을 떼어서라도 그대 고마움
보답하고 싶지만
눈시울 떨려오는 마음 뿐,

그대 고왔던 손 거칠어졌어도
꼬옥 감싸 쥐고 글썽이네
다짐을 하네, 착해빠진 나의 아내여,

이 한순간만이라도
그대 위한 한 아름의 꽃이 되리니
그대의 것으로 살아가는
따스한 햇살이 되리니…

파도여, 파도여

한 세상 품어 안으려고 몇 만 리 너울을 빚어
끝없이 이글거리는
파도여,
여백도 없는 시울의 언저리에서
초연히 드러눕고 마는
푸른 깃발이여,

뜨거웠던 물결소리 그립다
열렬했던 우리 사랑 다시 그립다

너는 아느냐
파도가 사랑이었음을

넘어져도 으깨어져도
웅어리진 눈물
뼈 속에 질끈 동여매고
밀려오는 물결소리 맥박소리
일어서며— 일어서며
앞으로— 앞으로 나아가는

우리들의 뚝심이 아니었더냐

물새 한 마리 외롭게 날아간다
물결이 굴절하며 날이 저물고
지나간 날들은 갈잎처럼 수런대며

어디선가 편지를 쓴다
어디선가 뜻 모를 그림을 그린다

하얗게 부서져도
유구히 일어서는 푸른 깃발이여,
언제나 파랗게 출렁이는
너의 설레임을 사랑한다

파도여,
파도여!

내 영과 육의 잔물결 위에

저려오는 아픔일수록
사랑은 간절하고
그리움은 눈이 부시다
견딜 수 없는 공허함에
딸꾹질은 멈추질 않는다
뿌린 대로 거두리
아직 열려오지 않는 허공
오색 무늬진 언어들이
이별을 견인하며
낙화한다

씨앗을 담아내기 위한
몸부림이겠지
현란한 속삭임을 끌어안고
낙엽진 잎새 하나 외롭게 물위에 떠서 흐른다

내 영과 육이 들여다보이는
보랏빛 잔물결 위에
생의 허무는 멈추어 있고
현란한 속삭임은 끝이 없다

내게로 다시 오라

우리는 어둠 속에 묻히지 않아야 한다
저무는 태양이 한순간을 뜨겁게 달아오르며
아직 기다림이 남아 있는
바다의 심장을
가로질러 갈지라도
가로질러 가는 저 뜨거운 눈부심을
우리들의 곁에서 한사코
떠나보내지 않아야 한다
오늘의 충만한 기쁨을 위해,
내일의 굳건한 행복을 위해,
우리는 어둠 속에 묻히지 않아야 한다

능금 같은 태양이 빠알갛게 불타오른다
사랑아, 내게로 다시 오라
너를 기다리는 애틋함은
여기 이대로 멈추어 있으리니,
우리들의 지순한 날들은
강물처럼 흘러가리니,

사랑아, 우리는 서로가 서로를 못 잊어 하는
캄캄한 밤중에도
한 된 바다 앞에서 하얀 거품에 지는 파도처럼
울부짖지 않아야 한다

세상의 모든 것 다 잊고
내게로 다시 오라

제 3 부

내일이면
다시 만나리

풀꽃 한 송이

어디에 살든
무엇으로 살든
아름드리나무의
가지 끝 아래
굽이굽이 살아가는
작은 풀꽃들

오늘은 서늘한 그늘로 내려앉는다

가지 틈새 비집고 내리쬐는 햇살
그 햇살이 가늘다 너무 가늘다
가늘어서,
삶의 숨결이 너무 가늘어서
풀잎은 작은 바람결에도 흔들리며 산다
고개 숙인 흔들림이 힘에 겨웁지 않으랴마는
찢기운 옷소매
그런 옷소매로 서로의 젖은 눈물 닦아주며
생글생글 살아가는

작은 풀꽃들
싸르르 싸르르 여미는 슬픔 같은 것
오늘은 서늘한 그늘로 내려앉는다

살다보면 눈물인들 없겠는가
어엉엉 울어버려도 시원찮은 일 없겠는가
오늘은 이러쿵 내일은 저러쿵
억하심정 발끈하며 삿대질하려다가
아서라, 아서
멍울진 곳 다독이며 인정머리 꽃을 피운다

그늘 속에 피어난 꽃이라 하여
그윽한 향기 없으랴
별과 바람도 살며시 내려앉아
무량한 눈을 뜬다

풀꽃 한 송이
풀꽃 한 송이

푸른 별로 눕는다

오늘 밤에도
은하의 강을 건너오고 건너가는
수많은 별무리 중에
나만을 사랑하는 별 하나 내려와
은혜로운 속삭임이기를
고대한다

계절이 머물다 가는 캠퍼스엔
그대 미소 짓는 모습 화안하게
오색비누방울 날은다

풀꽃이 되기 위해 고뇌하던
별님들은 어디쯤의 고운 꽃이 되어
찬란히 피어나고 있을까

별님이 되기 위해 불타오르던
풀꽃님들은 어느 공간의 별이 되어
영롱하게 또록이고 있을까

향기롭고 그윽했던 날들은
알 수 없는 영역으로
맴돌아가고
고운 속삭임 놓아둔 빈 자리엔 누구인지
아슴프레 손을 흔든다

나를 울먹이게 하는 그대 누구인가
푸른 풀밭에 이슬이 맺힌다

별님이 떨구고 간 이슬방울이겠지
꽃잎이 흩날려간 한숨이겠지

밤이면 초롱한 눈매로
소리없이 다가와
나의 푸른 별로 눕는다

임진강변에서

천리를 세 번 달리는 길
삼천리강산이라네
혼백이 하나로 숨을 쉬는 곳
쉬엄쉬엄 달려가세나

지금은 흘러도 흐르지 않는 강
한평생을 멈추어버린 맥박소리
피가 끓는다
피가 끓는다

피가 끓어, 피가 끓어
정처 없는 우리들의 새벽은
속절없이 불타오르고
애증의 세월만 덧없구나
굽이굽이 강바람을 마신다

가로막힌 산하의 벽을
묵묵히 넘나드는 바람소리

저 바람소리 듣느냐
임진강이 흐르는 유역

우리 다시 만날 날을 말해다오!
너와 나,
가슴의 뼈를 불태워서라도
이별이 없는 공통분모의 길을 열자

어버이 등에 업혀
죽음의 고개를 넘어왔던
아가들이
이미 병들고 이승을 떠나버렸네
그리도 허망한 세월이여,
그리운 목메임마저
사슬에 묶여버린 산하여,

움켜쥔 손 바르르 떨리는
하늘과 땅 사이

애틋함만 격렬하게 넘나드는
저 너머,
통일이여, 오라
통일이여, 어서 오라

마지막 타오르게 하소서

마지막 타오르게 하소서
여백의 한 자락까지
내 안으로 거두어야 할
간절한 그리움까지
노을에 타오르는 저 바다의 물결처럼
화알 활 불타오르게 하소서

4월의 푸른 잎새들이
어느덧 눈을 뜨면
고왔던 우리 사랑도
새롭게 눈을 뜨며
아, 눈을 뜨며
연둣빛 은행잎새 새록새록
자라 오르더이다

하지만,
머물다 가는 것들이 그러하듯
새록새록 자라 오르던
우리들의 푸른 은행잎새들은

어느 사이 노오랗게 물들어
우수수 지더이다

사랑하는 이여,
이 가을에 떨어져가는
은행잎새처럼
못다 이룬 우리 사랑이
한 된 눈물일까 두렵습니다

우리 두 사람
빈 손으로 왔으니
빈 손으로 돌아갈까 두렵습니다

오늘이 남기고 간
어둠 속 머얼리
저녁 종소리 메아리져 갑니다
아, 그리운 당신,
간구하여도 아득히― 아득히
멀어져 갑니다

내일이면 다시 만나리

오늘은 이별이지만
내일이면 다시 만나리

오늘 이 순간에도
만남과 이별의 이야기들은
강물처럼 이어오고 이어가는데
그대, 고운 마음 곱게 빚어
서로를 사랑하지 않으려는가

오늘 하루도 덧없이 날은 저무는데
우리 고운 만남을 헛되이지 않게
서로를 기억해 주지 않으려는가
사랑에 대하여,
삶에 대하여,
굳이 묻지 않아도
우리는 오늘이 어제일 수 없음을 알았고
어제가 오늘일 수 없음을 알았다

만남에 대하여,
행복에 대하여,
살아 있는 이 순간이
가장 큰 행복이라는 깨달음과
지나가버린 날들은
두 번 다시 돌아오지 않는다는
애틋함도 스스로 터득하며 입술 깨물었다
살아가며,
살아가며,
그렁저렁 살아가며―

기쁨도 슬픔도 한때의 스치움으로
가슴 속에 고이 묻어두고 사노라면
먼 훗날 그대 위한 꽃이 되리니
우리들의 눈물겹고
고통스러운 흔적들이
허공에 흩날려가는 꽃잎일지라도
언젠가는 우리 두 사람 다시 만남일 수 있게

간절히 기도 드린다

사람은 나면서부터
새로움에 눈을 뜨고
새로움에 눈을 뜨는 만남은 희망에 부풀어도
만남은 이별의 아픔을 번뇌하며
잊혀진 과거 속으로 지워져 간다

오늘은 이별이지만
내일이면 다시 만나리

제 4 부

내려놓으면
하늘이 보인다

숨은 그림 찾기

지금은 숨은 그림 찾기에 골몰할 때이다
혼돈의 야망이 역겨운 물감질을
먹어치우며 깔깔대는 계절

뜨거운 냄비 속에서 몸체를 달구는
엽전들은
스스로의 뜨거움에 현재를 해체하는
증언대에서
혀 꼬부라진 망발로 부글부글 증발한다

야인시대의 빛 좋은 개살구 열매를
그도 모자란 궁금증까지 덧씌워서
야금대는 분노가 하늘 끝에 닿기까지
이골이 난 혼돈은 야행성이다

숨은 그림은 냉가슴을 앓고 있어도
도깨비들의 망발을 잠재우기 위해
목탁을 두드리는 우리네 신념은
넋두리~ 메아리도 없다

지금은 숨은 그림 찾기에 골몰할 때이다

스마트폰의 반란

삶의 목록을 개의치 않고
가파른 변혁은 시작되고 있었다

책 속의 본질은 훼손되고
바보들의 몰입은 착각을 양산하며
스마트폰에게 영과 육을
흡입당하고 있었다

망가지는 건
우리가 아니지 않겠니!
요한계시록 666의 수를 암송케 하는 건
우리네 몫이 아니지 않겠니?!

편리한 도구들에게 차압당하며
그들은,
그것들의 반란을 번성케 하리라

경이로운 극치가 시시각각

인간의 영역에서 거꾸로 걷게 하리라

가는 곳마다 보이는 사람들의
귓구멍에 꽂아놓은 깃발이,
어깨에 매달린 꼬리표들이,
대화의 통로에서
망연자실 격리당하고 있다

보리차 한 잔

다도茶道가 무엇인지
아는 바 없지만
차茶 마시는 법도가 무엇인지
알 바 없지만
보리차에서 우러난 정겨움이 깊다

눈발이 날리는 창밖을 바라보며
찻잔에서 전해져 오는 온기를
두 손으로 꼬옥 감싸 쥔다

문득 떠오르는 반달웃음 교수님 얼굴,
세상바다 파도소리
거세고 야박한데, 역겨운 바람소리
귓등에 어찌 삭히시는지,
그믐달로 뜨는 불면의 밤을
아파하지는 않으신지,
정겨움이 깊어가는 찻잔에게
반달웃음 교수님의 안부를 묻는다

말세의 표류기

아담과 이브의 에덴은
어디론가 표류하고 있다
테러와 전쟁과 폭풍과 해일과 홍수와 지진과 열사와 가
뭄과 질병과 화산분출과
오염된 찌꺼기들이 우주의 밀도에서
신음하며, 지구의 종말을 견인하고
있다
예고 없는 절망 속에서 겸애와 순응은 인멸하고
생명의 강줄기엔
수선화 한 떨기 피어나지 않는다
울음의 통곡소리가
은하의 강나루에서 하얀 뼈를 묻는다
그날은 오후 몇 시,
몇 분, 몇 초인가
족속들은 종말의 실마리조차
유념치 않는 줄기세포가 되어
말세의 가속페달pedal을 힘주어 밟고 있다

내려놓으면 하늘이 보인다

구차한 것들 내려놓으면
마알간 하늘이 보인다
집착이라는 멍에를 벗어버린
유리알 같은 삶도 있다
삶이란 찢기운 옷자락을 꿰메이는
땀과 눈물의 바느질과 같은 것
질긴 아픔일수록
성찰과 깨달음을 꿰메일 줄 아는
인고의 다독임이어야 한다

자아를 내려놓고
낮은 데로 흐르는 강물은
무량의 바다에서 출렁이고
척박한 바윗등의 틈새 비집고
옹색한 고난을 견디며 꽃을 피워내는
풀 한 포기의 굳세임은
연약함 속에서도 고결한 향기를 일군다

무거운 짐 모르는 듯
내려놓는 공간이 자아의 것일 때
사랑은 영혼의 맑음에서 향기롭고
그리움은 그윽한 넓이에서 열매를 맺는다

제 5 부

고뇌하며
사랑하라

고뇌하며 사랑하라

서정시를 읽고 난 후의
젖은 눈망울처럼
고뇌하며 사랑하라
거울 속에 초췌해진 자아를 보며
눈물 떨구는 간곡함이 때 묻지 않을 때
진실한 고뇌의 간절함은 참 사랑을 일깨운다

서로에게 그윽함이 없는 만남은
가까이 있어도 알맹이 없는
껍질일 수 있고
고뇌하며 사랑하는 그리움은
멀리 있어도 향기롭다
고뇌하며 사랑하라
사랑하며 고뇌하라

사랑은 만났을 때에도
이별일 때에도
유리알 같은 그리움이어야 한다

어리석음도 사랑이 되는 진실

진실의 진실은 무엇인가
거짓의 거짓은 또 무엇인가

참과 거짓은
사각형 백지 위에 놓여진
명제의 성찰이다
나는 오직,
너를 위한 진실 하나로 번뇌한다

거짓 아닌 진실이
진실 아닌 거짓이
어리석음에게 시험당하지만
진실은 언제나 은혜로운 빛이 되고
거짓은 언제나 어둠의 상처를 남긴다

이제는 내 어리석음의 램프에도
불을 밝혀야지
우르르 쏟아지는 시詩의 줄기들

저울추의 눈금 위에 놓여진 진실의 실마리가
꽃보다 더 아름다운 내 어리석음을 위해
수를 놓는다 그대 위해 바치는 어리석음이 진실이라면
수를 놓다가 수를 놓다가
내 손금 찢어지는 아픔, 아프지도 않다

어리석음 때문에 흘러내리는 맑은 눈물은
삶이 가난하고 고통스러워도
그 진실은 더욱 고귀하고
가버린 사랑을 못 잊어 하며
허공에 토해내는 한숨 소리는
허탈한 어리석음이어도
그 진실은 더욱 그윽하다

사랑이라는 어리석음으로
그리움이라는 어리석음으로
너를 위해 번뇌한다

흔들리는 바람으로

흔들리는 바람으로 오소서
나 또한 흔들리는 바람으로
그대 곁에 가리니

잎새에 비, 바람 불어치는 날에도
잎새 떨구어내리는
우리들의 슬픈 이별이지 않게
잠시 머물다 가는 낙엽이지 않게
진초록 미소 머금은 사랑,
뜨거운 가슴으로 오소서

우리들의 만남이
영원한 입맞춤일 수 있게
얼굴 마주 대고 행복을 꿈꾸는
사랑일 수 있게
흔들리는 꽃바람
나의 고운 님으로 오소서

산소 한 모금이 그립다는 것

삶에 있어 충분조건을 지닐 수 있는 건
허수의 팽창일 뿐
존재에게 끊임없는 욕망이
숫구쳐 오르는 까닭은
내일의 부피에게 매달려 있기 때문이다

무엇이 우리를 슬프게 하는가
무엇이 우리를 당혹케 하는가
타는 목마름을 목 축여주는 샘물이
생명의 근원이라면
욕망으로 얼룩진 허깨비들의 유혹은
생명을 차단하는 어둠의 시궁창이다

무엇이 우리를 야유케 하는가
무엇이 우리를 주름살지게 하는가
존재에게 정갈한 존재가치의 여백은
정돈된 평온이다
산소 한 모금이 그립다는 것

잊혀진 자아

거울 속에 또 다른 자아가 나를 바라보고 있다
거울 앞에 서면
나를 기다렸다는 듯
늘 마주치는 존재

나를 따라 울다가
나를 따라 웃다가
그대, 어디서 온 누구냐고
물어도 대답하지 않는 똑 닮은 나,

얼굴은 낯설지 않는데
먼데서 온 나그네 같구나

그가 넌지시 눈짓을 하며
나에게 뒤돌아서란다
뒤돌아서면 우리 서로가
곧잘 망각하는 만남이거늘
완곡한 그의 눈짓을 거부하지 못하여

돌아선다

등 뒤의 나는 누구이며
거울 속의 나는 누구인가
혀끝에 고여 오는 자각이
잊혀진 자아를
마주 바라보며 빙그레 웃는다

제 6 부

인고의 눈물은
약이 되는 것

하얀 겨울의 자화상

이마저 황량한 바람소리 덧없다
진눈깨비 휘몰아치는 산마루 허리 꺾이지 않아도
절실함은 살을 여민다

이 땅의 겨울이라네

사슴의 무리 발목이 시렵지만
나란히 서 있고
벌거숭이 나목들도 등뼈 휘지 않기 위해
곧게 서 있다
눈 더미에 꽁꽁 얼어붙은 우리 사랑,
고운 눈부심을 차마 저버릴 수 있으랴
연분홍 빛 희열 도란도란
고개를 넘어오시는
우리 님,

얼음장도 여울이 되는
하―얀 겨울의 자화상

도시의 하루

잠에서 깨어난 아침 햇살은
바시시 기지개를 켜고 알 수 없는 행복의 실마리들은
거리에서, 전철역 지하도에서,
바람처럼 배회한다

물결이 이는 듯 이어가고 이어오는
발자국 소리— 발자국 소리들…
피아노의 건반소리처럼
소나기의 빗방울소리처럼
삶을 조율하며 역동한다
오늘도 역동하는 땀방울의 이야기들은
에스컬레이터에서도 뛰어가며
땀방울 닦아낼 겨를조차 없다

어느 결에 수은등은 어둠을 가르고
또 다른 삶의 편린들이
휘황한 불빛 너머로 헤엄쳐 간다
모서리마다 휘어질 것 같은

빤질한 빌딩의 높이들이
대각선을 긋고 서 있는
그 아래로
가난한 사람들의 녹슨 손수레바퀴가
허기진 고개를 넘는다
주어진 삶이
누구인들 애닲고 힘겹지 않으랴
허리 꺾인 아픔 잊고 잠이 든
주름살 위로 별님이 내려와
'내일은 행복하노라'
초롱한 속삭임 다독여 준다

왠지,
삶의 허기를 느낀다
삶의 격정을 느낀다

내 님으로 오시는 꽃

― 백련白蓮

그리도 눈이 부신 하―얀 순수
내 님으로 오시었네

깨우친 자비 방긋 웃는 사랑
한 떨기 뭉클한 옛 기억들…
대낮에도 보름달로 떠 오시는
황홀한 나비의 꿈
연잎 가리우고― 연잎 가리우고 부끄러움 타는
저, 우윳빛 속살 좀 보게나!!
무심히 지나치는 바람결도
그대 고운 향기 어루만지고 싶었는지
가슴 두근거리며
서성이네
내 님으로 오시는 꽃

(회산(回山) 방죽에서)

인고의 눈물은 약이 되는 것

잃어버린 계절이라 하여
절망 앞에 무너지는 건
너무 가혹한 차가움이다
따스한 봄날은 반드시 오리니
자아의 어긋난 삶이
인생의 본질은 아니며
인생의 전부는 더욱 아니리니
한 발자국 뒤로 물러서는 기다림에 살자
극한의 계절 앞에서
벌거벗은 현재를 어루만지며
뒤돌아보고 다시 뒤돌아보는
한 뼘의 여유,
상처받은 순간은
잠시 머물다 가는 것

자아의 빈자리에 심어 둔
희망의 씨앗이 움터 오를 수 있게
입술 앙다물고 인내하며 살자
인고의 눈물은 약이 되는 것

우리 다시 만날 수 있을까

눈이 내리네
텅 빈 가슴 하얗게 눈이 내리네
그대, 하아얀 속삭임을 따라,
은빛 세상을 따라,
외로워도
하―얀 마음, 자근자근 눈길을 거니네

나란한 이 곁에 있으면
행복하련만
나란한 이와 나란히 거닐면
더욱 행복하련만
애틋한 그리움 송이송이
하―얗게 눈이 내리네

그대 하―얀 눈부심을 위하여
빈 손 내밀어 보았네
눈송이 잡힐 듯― 잡힐 듯
잡히지 않고
인연 따라 사연 따라

저마다 빗겨서 가네

세상사 천층만층인 것을,
세상사 천 갈래 만 갈래인 것을,
뉘 모르랴마는
바람꼬리 나부끼는
저 가여운 눈송이들,

허공 우러러 두 눈 감고 서 있노라면
내 여윈 얼굴 마다 않고
살포시 내려앉아 녹아 흐르는
아, 그대의 눈물처럼 녹아 흐르는
얼굴과 얼굴들…
고개 떨구고 멀어져가는 사람아,
우리 다시 만날 수 있을까
이 해 겨울도 깊으리니

설국의 나라에서 그대 만나리

제 7 부

사랑하기에
그리운 것을

소녀의 꿈

소녀는 꿈꾼다 은물결소리 여울지는
그런 사랑을 꿈꾼다

사랑은 아침이슬이듯
영롱하게 눈을 뜨고
그리움은 샘물처럼 가슴 깊이 고인다

황금빛 열매들이 물결치는 세상
땀방울이 끈끈하게 배어드는 십자가 앞에서
소녀의 꿈은 간곡하고
우리의 만남은 더욱 더 간곡하다

소녀여,
밀알이 썩어서 밀밭이 되는 믿음 하나 움티우자,
그런 믿음 고이 움티우면 우리 사랑
참으로 아름답지 않겠니
버거운 삶이 눈물처럼 땀방울 으깨어도
우리 마음 서로 나란하면

참으로 행복하지 않겠니

오늘에 주어진 삶이 절망스런 아픔이어도
사랑은 그윽하고, 그리움은 연연한 것
보람은 오직 그대의 것이리니

사랑아,
내 청순한 그리움을 알알이 엮어
너의 것으로 띄워 보낸다

그대의 푸른 강

내 안의 골짜기에 머물고 있어도
아득히 여울지는
푸른 물그림자여,
푸른 물그림자여,

나란히 거닐면 한없이
향기로웠던 너,
손 맞잡고 거닐면 한없이
따스했던 너,
차디찬 조약돌의 아픔을
지금 내가 앓고 있구나

미처 못 다한 말 남겨두고
말없이 떠나간 너의 이름
소리쳐 불러본다
부르다가― 부르다가
강기슭에서 날이 저물고
울음 맺힌 날들은 소리 없이 진다

흘러간 물결은 멀리에서 물보라 치는데
비 개인 하늘처럼
아, 비 개인 하늘처럼
웃고만 서 있는
그대의 푸른 강

사랑하기에 그리운 것을

사랑은 흰 눈보다 더 희고
사랑은 초겨울의 빗방울보다 더 차갑다
비가 내리는 날에도,
눈이 내리는 날에도,
여백 위에 점 하나 찍어둔
사랑의 씨앗은 오롯이 움을 틔운다
살가움에 뿌리 내리는 새싹은
영롱한 이슬 머금어
푸른 풀빛 청순하다

낮과 밤이 서로를 골몰하는
밀물과 썰물 앞에서 우리 사랑은,
마냥, 한숨과 서글픈 눈물을
허공에 흩날리고 마는 것일까

우수수 지는 낙엽들이 울먹이는 밤,
억겁이 그물을 짜는 만남과 이별의
칠흑 같은 사념 속에서 그대 그리움

모올래 꺼내어 들고 촛불 한 자루 켠다

촛농이 녹아내린다 녹아내리는 뜨거움에도
이다지 촛불은 고요히 타오르고
그대 모습은 더욱 선명하다
차창에 굴곡지며 흘러내리는 빗물이듯
촛농은 그렇게 심장을 불태우며, 불태우며
가슴 가득히 터져 나올 것 같은 한숨소리 녹아내린다

창밖엔 바람소리 아득하다
사랑하기에 그리운 것을…

존재의 행간, 그 사랑 시학

김 송 배

(한국시인협회 심의위원·전 한국문협 부이사장)

1. 존재의 행간에서 탐색하는 '나'의 확인

현대시에서 의식의 흐름(stream of consciousness)은 대체로 우리들 인간 의식을 체험의 원형으로 환원하거나 실생활(real life)에서 절감切感하는 다양한 삶의 요인들이 시인의 심저心底에서 용암과 같은 열정으로 분사噴射하는 형태의 시법詩法을 많이 대하게 된다.

이러한 경향은 우리 인간들이 당면하고 있는 현실의 수용에서 긍정과 부정이라는 측면의 심리적인 작용이 어떤 지향점으로 발현하느냐에 따라서 시적 주제가 정립되고 그 시인의 진실이 명징明澄하게 적시되는 경우가 현대시의 요체로 현현하고 있음을 간과看過할 수 없을 것이다.

여기 박영무 시인이 상재하는 시집 『내일이면 다시 만나리』의 원고를 일별하면서 그의 의식이 어떤 방향으로 흐르고 있는지를 살펴보게 되는데 그는 존재와 시간의 문제 그 행간에서 탐색하는 자아의 확인을 위한 정서나 사유思惟의 정적靜的인 형상화를 이해할 수 있게 하고 있다.

그가 이미 '머리말'에서 '우리에게 주어진 숙명적 혈맥이라는 자아의식을 일깨우려는 심정으로 내 심원의 저변에서 우러나는 그대로의 노래를 고집하고 싶었다'는 진솔한 고백처럼 자아에의 몰입과 탐구는 삶의 궤적軌跡에서 재생한 체험이 곧 시적 진실로 승화하는 현상을 목도目睹하게 된다.

박영무 시인은 '거울 속에 또 다른 자아가 나를 바라보고 있다 / 거울 앞에 서면 / 나를 기다렸다는 듯 / 늘 마주치는 존재(「잊혀진 자아」 중에서)'라는 어조(語調-tone)에서 알 수 있듯이 그는 자신을 바라보는 또 다른 자신을 발견하고 '잊혀진' 자신(자아)을 다시 인식하게 된다.

그는 '나를 따라 울다가 / 나를 따라 웃다가 / 그대, 어디서 온 누구냐고 / 물어도 대답하지 않는 똑 닮은 나, // 얼굴은 낯설지 않은데 / 먼데서 온 나그네 같구나'라는 자조自嘲와 자애自愛가 동시에 그를 설레게 하고 있다. 이와 같은 상황 설정과 전개는 우선 그가 궁극적으로 탐색

하려는 존재의 인식을 확고하게 정립하면서 자아의 개
념을 재확인하고 있는 것이다.

> 잃어버린 계절이라 하여
> 절망 앞에 무너지는 건
> 너무 가혹한 차가움이다
> 따스한 봄날은 반드시 오리니
> 자아의 어긋난 삶이
> 인생의 본질은 아니며
> 인생의 전부는 더욱 아니리니
> 한 발자국 뒤로 물러서는 기다림에 살자
> 극한의 계절 앞에서
> 벌거벗은 현재를 어루만지며
> 뒤돌아보고 다시 뒤돌아보는
> 한 뼘의 여유,
> 상처받은 순간은
> 잠시 머물다 가는 것
>
> 자아의 빈자리에 심어 둔
> 희망의 씨앗이 움터 오를 수 있게
> 입술 앙다물고 인내하며 살자
> 인고의 눈물은 약이 되는 것
> ―「인고의 눈물은 약이 되는 것」 전문

이 작품에서는 그가 더욱 자아에 대한 심층적深層的인
몰입으로 그에게 내재된 진실(본질)을 적시摘示하고 있다.
'자아의 어긋난 삶이 / 인생의 본질은 아니며 / 인생의 전부는 더욱 아니'라는 결론은 박영무 시인이 가치관으로 승화한 인생의 실천 덕목德目으로서 '한 발자국 뒤로 물러서는 기다림에 살자'라거나 '입술 앙다물고 인내하며 살자'라는 '인고'에 대한 인간들의 관념적인 잠언箴言과 같은 주제를 이해할 수 있게 한다.

　박영무 시인의 이러한 심경心境은 '벌거벗은 현재를 어루만지며／뒤돌아보고 다시 뒤돌아보는／한 뼘의 여유,／상처받은 순간은／잠시 머물다 가는 것'이라고 과거를 상상력으로 재생하면서 현재의 상처를 위무慰撫하고 있다. 이것이 그에게서는 '자아의 빈자리에 심어 둔／희망의 씨앗이 움터 오를 수 있'게 하는 인생(시)의 원동력으로 형상화하고 있는 것이다.

　　　　서정시를 읽고 난 후의
　　　　젖은 눈망울처럼
　　　　고뇌하며 사랑하라
　　　　거울 속에 초췌해진 자아를 보며
　　　　눈물 떨구는 간곡함이 때 묻지 않을 때
　　　　진실한 고뇌의 간절함은 참 사랑을 일깨운다
　　　　　　　　　　　—「고뇌하며 사랑하라」 중에서
　　　　자아를 내려놓고
　　　　낮은 데로 흐르는 강물은
　　　　무량의 바다에서 출렁이고
　　　　척박한 바윗등의 틈새 비집고
　　　　옹색한 고난을 견디며 꽃을 피워내는

풀 한 포기의 굳세임은
연약함 속에서도 고결한 향기를 일군다
　　　　　　　　—「내려놓으면 하늘이 보인다」 중에서

　이 두 편의 작품에서 자아의 정점頂點은 '진실한 고뇌의 간절함은 참 사랑'이며 '연약함 속에서도 고결한 향기'라는 그의 진실이 승화하고 있어서 그의 존재 의식이나 자아의 인식은 바로 이러한 사랑과 향기가 잠재潛在한 시적 원류에서 구명究明하게 된다.

　그는 이러한 시적 행간에서 '무거운 짐 모르는 듯/내려놓는 공간이 자아의 것일 때/사랑은 영혼의 맑음에서 향기롭고/그리움은 그윽한 넓이에서 열매를 맺는다'는 대미大尾의 결론으로 사랑과 영혼 그리고 향기의 영원한 의식이 박영무 시인의 존재론적 시학詩學을 정립시키고 있다.

2. 삶의 시간을 통한 성찰의 근원 탐색

　박영무 시인은 다시 존재의 근원을 삶의 진행형에서 탐색하고 있다. 그에게서 삶에 관한 이유도 다양하게 적시되고 있는데 그가 먼저 그 이유를 의문형으로 자문自問하고 있다. 그는 '무엇이 우리를 슬프게 하는가/무엇이 우리를 당혹케 하는가'라거나 '무엇이 우리를 야유케 하는가/무엇이 우리를 주름살지게 하는가(이상 「산소 한 모금이 그립다는 것」 중에서)라는 어조와 같이 슬픔과 당혹함 그리고 야유와 주름살이 우리에게 무엇이 이런 상황을 만들고 있는지의 문제가 바로 삶의 해법을 찾는 일이다.

> 삶에 있어 충분조건을 지닐 수 있는 건
> 허수의 팽창일 뿐
> 존재에게 끊임없는 욕망이
> 솟구쳐 오르는 까닭은
> 내일의 부피에게 매달려 있기 때문이다
> ─「산소 한 모금이 그립다는 것」 중에서

그는 위와 같이 설명하고 있다. '존재에게 끊임없는 욕망'과 '생명의 근원'이 존재를 인식케 하고 있으며 이를 통한 삶에 대한 융합과 화해를 위한 해답의 메시지를 제시하고 있다. 이것이 '삶에 있어 충분조건'이라는 확신을 가지고 있어서 현실적인 갈등도 그는 감로수甘露水와 같은 신념으로 용해시키고 있다.

박영무 시인은 다시 '진실의 진실은 무엇인가/거짓의 거짓은 또 무엇인가'라는 의문에 직면하는 연유緣由도 그가 여망하거나 성취해야 할 삶(인생=존재)에 대한 가치관의 정립을 위한 하나의 여과濾過 장치라고 할 수 있을 것이다. 그가 이러한 갈등 의식을 인식하는데는 '어리석

음 때문에 흘러내리는 맑은 눈물은/삶이 가난하고 고통
스러워도/그 진실은 더욱 고귀하고/가버린 사랑을 못
잊어 하며/허공에 토해내는 한숨 소리는/허탈한 어리
석음이어도/그 진실은 더욱 그윽하다(이상 「어리석음도 사랑이
되는 진실」 중에서)'는 진실의 토로吐露에서 이해할 수 있다.

> 삶의 넝쿨이 휘감는
> 엉겅퀴 같은 심술쟁이
> 보상 받을 수 없는 과거의 상처가
> 공간 한 켠에 멈추어 있는 현재는
> 머뭇거림도 없이 흐른다
>
> 삶은 과거 속에서 현재를 후회하며 흐르지만
> 다독여주는 삶이 아닐지라도
> 저어기 만큼의 꽃님이 있고
> 저어기 만큼의 별님이 반짝인다
>
> 망각은 행복을 의미하는 것일까
> 생이란 외길을 돌아 원점에 이르는 것
> 한숨으로 얼룩진 자국 닦아낸
> 유리창 너머
> 멈추어 있어도 멈추지 않는 발자국소리
> 그대, 회전목마를 타고 맴을 돈다
> ──「멈추어 있어도 멈추지 않는 것」 전문

박영무 시인의 삶은 시간성에서 탐구하고 있다. 이미

그는 이 시집 '머리말'에서도 언급한 바와 같이 '잃어버린 것들은 무엇이며 아직도 찾아내기 위한 몸부림은 무엇인가? 나의 과거와 현재, 현재와 미래에게 주어지는 가치기준은 무엇인가?'라는 그의 시간은 바로 삶(인생)의 가치기준과 동일성을 갖는다.

그가 시간 개념에서 '공간 한 켠에 멈추어 있는 현재는'이라는 어휘와 '삶은 과거 속에서 현재를 후회하며 흐르지만'이라는 시적인 시공時空은 그가 추구하려는 생(혹은 생명)에 대한 '원점'을 지향하는 하이데거의 실존철학에 기인基因하는 느낌을 받게 하고 있다.

일찍이 하이데거는 '현존재의 본질은 그 실존에 있다'는 언지로써 현재의 삶(존재)은 시간성과 내밀內密한 상관성을 갖고 있다. 이러한 그의 상념은 '생이란 외길을 돌아' 오지만 '한숨으로 얼룩진 자국'이라는 평행선에서 맴돌고 있다.

이러한 그의 고백은 작품 「풀꽃 한 송이」에서 '삶의 숨결이 너무 가늘어서 / 풀잎은 작은 바람결에도 흔들리며 산다'거나 '살다보면 눈물인들 없겠는가 / 어엉엉 울어버려도 시원찮은 일 없겠는가'라는 회의적懷疑的인 그의 심저心底를 이해하게 되는데 작품 「도시의 하루」에서는 '주어진 삶이 / 누구인들 애닯고 힘겹지 않으랴 / 허리 꺾인 아픔 잊고 잠이 든 / 주름살 위로 별님이 내려와 /

'내일은 행복하노라' / 초롱한 속삭임 다독여 준다'는 어조로 위무와 위안으로 긍정적인 사유를 더해주고 있다.

박영무 시인은 다시 삶의 시간에서 자아 성찰과 기원의 의식이 현현되는데 '삶에 대하여, / 굳이 묻지 않아도 / 우리는 오늘이 어제일 수 없음을 알았고 / 어제가 오늘일 수 없음을 알았다'거나 '살아 있는 이 순간이 / 가장 큰 행복이라는 깨달음과 / 지나가버린 날들은 / 두 번 다시 돌아오지 않는다는 / 애틋함도 스스로 터득하며 입술 깨물었다(이상 「내일이면 다시 만나리」 중에서)'는 인식은 오늘과 어제 그리고 순간 등에서 생의 진실을 강렬하게 적시하고 있다.

그리고 그가 결론적으로 추구하는 성찰의 염원은 '한평생을 머물고 있어도 / 아침나절 눈부심인 / 하얀 목련처럼 지고 마는가 // 찬란했던 날들은 / 한순간의 바람결에 흩날리는데 / 아, 그 옛날을 말하는가 / 그, 한순간을 말하는가(「그 옛날을 말하는가」 중에서)'라거나 '내 영과 육이 들여다보이는 / 보랏빛 잔물결 위에, / 생의 허무는 멈추어 있고 / 현란한 속삭임은 끝이 없다(「내 영과 육의 잔물결 위에」 중에서)'와 같이 명민明敏한 형상화로 성찰과 접근하고 있다.

3. '그리움'과 '기다림'의 사랑 시학

　박영무 시인에게 내재된 관념의 일단은 사랑 시학의 명제命題를 함축하는 해법을 탐색하는 일이 시적으로 크게 부각浮刻되고 있다. 이러한 일련의 시법도 그가 현실적으로 생성된 갈등요인이나 고뇌의 행간에서 적절하게 제시해야 하는 존재의 문제에서 표출된 자아의 인식과도 관계가 있을 것이다.

　그는 이와 같은 사랑이라는 고답적高踏的인 행위를 시적 정황(情況−situation)으로 설정하고 인간애 혹은 자애(自愛−self love)의 구현으로 전개하는 사유의 중심축에는 그가 간구懇求하거나 여망하는 사랑의 메시지가 절절하다는 것을 이해하게 된다.

　그는 사랑의 정의를 애정이나 우정, 모정 등의 편편적片片的인 부분도 있겠으나 자비慈悲와 박애博愛와 같은 대승적大乘的인 견지에서 온 인류가 성취해야 할 사랑이 상존常存하고 있어서 시적인 소재와 주제로 자주 취택하는 경향을 많이 접할 수 있게 한다.

　　소녀는 꿈꾼다 은물결소리 여울지는
　　그런 사랑을 꿈꾼다

　　사랑은 아침이슬이듯

영롱하게 눈을 뜨고
그리움은 샘물처럼 가슴 깊이 고인다

황금빛 열매들이 물결치는 세상
땀방울이 끈끈하게 배어드는 십자가 앞에서
소녀의 꿈은 간곡하고
우리의 만남은 더욱 더 간곡하다
　　　　　　　　　　─「소녀의 꿈」중에서

　박영무 시인은 일상적이고 보편적인 동심의 사랑을
노래하고 있다. '소녀'라는 화자話者가 실재實在의 누구인
지는 불분명하지만 시적 대상이 어떤 외연(外延─denotation)
과의 호소적인 감응感應을 전해주고 있어서 거기에 내포
(內包─connotation)된 갈구渴求의 어조는 '그리움은 샘물처럼
가슴 깊이 고'이고 있어서 '소녀의 꿈'은 바로 '그리움'
의 진원지로 정착해 있다.
　그는 '오늘에 주어진 삶이 절망스런 아픔이어도 / 사
랑은 그윽하고, 그리움은 연연한 것 / 보람은 오직 그대
의 것이리니 // 사랑아, / 내 청순한 그리움을 알알이 엮
어 / 너의 것으로 띄워 보낸다'는 결론에서 우리는 '삶→
아픔→사랑→그리움'이라는 형식이 성립되고 화자 '그
대(혹은 너)'와 '내(혹은 우리)'가 복합적으로 상관을 이루면서
사랑학을 구성하고 있다.

우리는 어둠 속에 묻히지 않아야 한다
저무는 태양이 한순간을 뜨겁게 달아오르며
아직 기다림이 남아 있는
바다의 심장을
가로질러 갈지라도
가로질러 가는 저 뜨거운 눈부심을
우리들의 곁에서 한사코
떠나보내지 않아야 한다
오늘의 충만한 기쁨을 위해,
내일의 굳건한 행복을 위해,
우리는 어둠 속에 묻히지 않아야 한다

능금 같은 태양이 빠알갛게 불타오른다
사랑아, 내게로 다시 오라
너를 기다리는 애틋함은
여기 이대로 멈추어 있으리니,
우리들의 지순한 날들은
강물처럼 흘러가리니,

사랑아, 우리는 서로가 서로를 못 잊어 하는
캄캄한 밤중에도
한 된 바다 앞에서 하얀 거품에 지는 파도처럼
울부짖지 않아야 한다

세상의 모든 것 다 잊고
내게로 다시 오라

—「내게로 다시 오라」 전문

이 작품에서 박영무 시인이 착목着目한 중심에는 '저무는 태양이 한순간을 뜨겁게 달아오르며 / 아직 기다림이 남아 있는 / 바다의 심장'이다. 이처럼 사랑은 그리움과 기다림의 이중주의 연속으로 현재 진행형으로 전개되고 있다. 그는 사랑의 최종 단정은 '오늘의 충만한 기쁨을 위해, / 내일의 굳건한 행복을 위해,'서 발현하는 순정적인 행복의 충만을 희구希求하고 있는 것이다.

일찍이 인도의 시성 타고르가 말하기를 '사랑이란 궁극적으로 영혼의 진리입니다'라고 담론했다. 본래 사랑이라는 것은 생산적인 고귀한 능동성이다. 그것은 우리 인간들의 사랑humanism뿐만 아니라, 만유萬有의 자연에 까지도 반응과 긍정을 뜻하기도 한다.

사랑은 생명력을 증대시키고 소생시키고 자신을 재생시키고 자신을 증대시키는 과정이 바로 사랑학의 진수眞髓라고 할 수 있다. 이 사랑은 그 대상이 누구이든 간에 상관할 바가 아니다. '우리들의 지순한 날들은 / 강물처럼 흘러가리니,' 수긍할 수 있는 온 인류애가 광의廣義로 해석되기를 바라고 있다.

이러한 박영무의 사랑학의 언어는 다음과 같이 요약할 수 있다.

─나만을 사랑하는 별 하나 내려와 / 은혜로운 속삭임이기를 / 고대한

다(「푸른 별로 눕는다」 중에서)

―한 평생 지울 수 없는 그리움을 안겨주었어도 / 나 이렇게 먼 후일에
　도 고운 사랑을 보낸다(「사랑아, 서러워 말자」 중에서)

―하얗게 부서져도 / 유구히 일어서는 푸른 깃발이어, / 언제나 파랗게
　출렁이는 / 너의 설레임을 사랑한다(「파도여, 파도여」 중에서)

―내일이면 행복해야지 / 아름다운 모습으로 사랑해야지(「내일은 행
　복」 중에서)

―사랑은 흰 눈보다 더 희고 / 사랑은 초겨울의 빗방울보다 더 차갑다
　(「사랑하기에 그리운 것들」 중에서)

　그렇다. 박영무 시인은 위와 같이 '속삭임'과 '고운
사랑', '설레임', '아름다운 모습' 등으로 사랑학을 설정
하고 있지만 작품 「사랑하며 용서하며」에서와 같이 '사
랑이 아름다운 꽃이라면 / 용서보다 더 고운 꽃이 있으
랴 // 삶이란 한 방울의 이슬인 것을 / 허구헌 날 눈부심
이어라 / 허구헌 날 덧없음이어라'거나 '언 가슴 서로를
부둥켜안고 / 역겨움도 꽃이 되는 / 자비의 눈매를 보아
라 // 우리에겐 아직도 / 만나야 할 내일이 있다 / 우리에
겐 아직도 / 아름답게 살아가야 할 / 희망의 씨앗이 있다
// 사랑은 용서를 낳고 / 용서는 사랑을 낳는다'는 결론
처럼 고차원의 사랑학 처방을 적시하고 있다.

4. 시의 사회성 혹은 시사성의 매혹

박영무 시인은 사회적인 시사성에도 시각視覺을 멀리하지 못한다. 가시적可視的인 현실론 속의 비합리성과 부조리성에 대한 질타가 이어지고 있다. 그의 시야視野에 펼쳐지는 사회성은 현대의 물질문명의 발달과 이기주의의 팽배로 더욱 불신의 시대, 상실의 시대를 초래하고 있어서 이를 시 정신으로 또는 시인 정신으로 치유治癒하거나 극복하려는 시인의 진정성에서 발현하는 순수 서정의 일환이다.

시의 사회성은 고립되지 않는 인간 생활에서 서로 교류하는 집단에서 야기惹起하는 모든 양상들이 의식적이든 무의식적이든 거기에 직면한 주제로 촉발되는 현실비평의 정신이다. 복합적인 사회에서 노출되는 모순들이 갈등으로 전이轉移하여 복잡한 사고思考와 표현으로 나타내는 시법을 많이 활용하고 있어서 우리들의 공감을 유로流路하고 있다.

이처럼 사회적인 시류時流에 따라서 창작하는 문학의 특성은 시인도 일반적인 사회인으로서의 공통성 위에 서고 그 작품의 주제가 사회에 대해서 다루는 능동성能動性을 표출하는 것이 이제는 예리한 시인의 감각에서 투사(投射-project)하는 현실성의 분석이라고 할 수 있다.

이는 아주 소박한 생활의 일면에서부터 정치적이거나 사회의 변혁을 위한 시 또는 평화를 위한 소재 등 광범위하게 포괄하지만 어쩌면 현대의 반사회적인 노골화의 경향도 작품에서 수용하는 사유의 확대를 엿볼 수 있다는 점을 간과하지 못한다.

아담과 이브의 에덴은
어디론가 표류하고 있다
테러와 전쟁과 폭풍과 해일과 홍수와 지진과 열사와 가뭄과 질
병과 화산분출과
오염된 찌꺼기들이 우주의 밀도에서
신음하며, 지구의 종말을 견인하고 있다
예고 없는 절망 속에서 겸애와 순응은 인멸하고
생명의 강줄기엔
수선화 한 떨기 피어나지 않는다
울음의 통곡소리가
은하의 강나루에서 하얀 뼈를 묻는다
그날은 오후 몇 시,
몇 분, 몇 초인가
족속들은 종말의 실마리조차
유념치 않는 줄기세포가 되어
말세의 가속페달pedal을 힘주어 밟고 있다
―「말세의 표류기」 전문

보라. 이 작품에서 박영무 시인이 전달하려는 메시지

는 바로 '말세'라는 최후의 언어가 태초의 창세기로부터 습성習性으로 몸에 배인 순수의 인성人性의 변화에 대하여 갈등하고 있다. 결국 '테러와 전쟁과 폭풍과 해일과 홍수와 지진과 열사와 가뭄과 질병과 화산분출과 / 오염된 찌꺼기들이 우주의 밀도에서 / 신음하며, 지구의 종말을 견인하고 있다'는 경고성의 어조는 현실적인 비애悲哀가 생명의 위협으로 까지 확산되어 '말세의 가속페달pedal을 힘주어 밟고 있'는 것이다.

　우리는 지금까지 인본주의humanism의 진선미眞善美를 주제로 한 시법에 몰두했지만, 이제는 친자연의 테마에도 심혈을 기울려 환경 보호와 오염 방지에도 우리 문학이 감당해야 하는 숙명적인 과제가 남아 있음을 이해하게 된다.

　　　삶의 목록을 개의치 않고
　　　가파른 변혁은 시작되고 있었다

　　　책 속의 본질은 훼손되고
　　　바보들의 몰입은 착각을 양산하며
　　　스마트폰에게 영과 육을
　　　흡입당하고 있었다
　　　　　　　―「스마트폰의 반란」 중에서

어기에서도 박영무 시인은 문명의 이기利器가 '책 속의 본질은 훼손되고 / 바보들의 몰입은 착각을 양산하며' 우리 모두는 '영과 육을 / 흡입당하고' 마는 위기감의 경악驚愕으로 그의 시사성을 분사하고 있다. 그는 다시 '편리한 도구들에게 차압당하며 / 그들은, / 그것들의 반란을 번성케 하리라 // 경이로운 극치가 시시각각 / 인간의 영역에서 거꾸로 걷게 하리라'는 경고장을 띄우고 있어서 인성의 상실과 이기주의의 팽배가 위협하는 세상을 질타하고 그것을 분노하고 있는 것이다.

그는 이 밖에도 우리의 역사적인 비극의 민족 분단의 현실을 노래하면서 '피가 끓어, 피가 끓어 / 정처 없는 우리들의 새벽은 / 속절없이 불타오르고 / 애증의 세월만 덧없구나 / 굽이굽이 강바람을 마신다'거나 '움켜쥔 손 바르르 떨리는 / 하늘과 땅 사이 / 애틋함만 격렬하게 넘나드는 / 저 너머, / 통일이여, 오라 / 통일이여, 어서 오라(이상 「임진강변에서」 중에서)'는 절규도 시의 사회성을 절감하면서 공감의 영역을 확대하고 있다.

일찍이 우리는 시의 기능이 순수하게 생활과 사회로부터 약간 동떨어진 미美의 추구를 본령本領으로 하는 것이라는 순정적인 사유에서 오늘의 이 거대한 현실적인 구도에서 파생派生하는 불안감과 위기감 등에서 탈피하거나 해소하려는 여망을 다양한 형태로 표현하게 되어

어떤 경우에는 이 소재나 주제가 사회적인 비평정신을
공감할 수 있는 기능을 이해하게 된다.

　그러나 박영무 시인은 서정적인 시심詩心을 잃지 않는
영원한 서정 시인이다. 그는 이 시집에서 대체로 천착穿鑿
한 주제들을 살펴보면 존재의 확인에서 삶의 성찰로 이
어지고 여기에서 추출한 지고지순至高至純한 사랑의 염원
을 실현하려는 순수 서정을 시의 위의威儀로 설정하면서
순박한 이미지의 투영이 돋보였으나 그는 현실적인 분노
의 정감을 도출하여 시사성 짙은 시법도 동시에 발현하
였다는 점이 현대시의 흐름이 아닌가 하는 생각이다.

<blockquote>
그리도 눈이 부신 하―얀 순수
내 님으로 오시었네

깨우친 자비 방긋 웃는 사랑
한 떨기 뭉클한 옛 기억들…
대낮에도 보름달로 떠 오시는
황홀한 나비의 꿈
연잎 가리우고― 연잎 가리우고 부끄러움 타는
저, 우윳빛 속살 좀 보게나!!
무심히 지나치는 바람결도
그대 고운 향기 어루만지고 싶었는지
가슴 두근거리며
서성이네
내 님으로 오시는 꽃
</blockquote>

이 작품 「내 님으로 오시는 꽃—백련」 전문에서 알 수 있는 바와 같이 자연 서정의 극치極致를 음미吟味할 수 있다. 그는 백련白蓮의 이미지를 동화(同化-assimilation)의 원리가 인격화하는 특성으로 자연에 심취하고 있다. 시인이 자연을 자신 속으로 끌어와서 그것을 내적인 인격화하는 서정성은 우리 모두를 안온하게 하는 정감을 흡인吸引시키고 있다.

그는 '풀잎에 잠시 메달린 / 한 방울의 이슬방울일지라도 / 해맑은 반짝임일 수 있게 / 그 모습 그대로 놓아두어야 한다 // 한 떨기 꽃을 피워내기 위한 간절함에 / 잠 못 이루거든 / 꽃보다 더 향기로운 일깨움을 / 스스로 움틔울 순 없을까 / 징검다리 건너가는 꽃구름에게 / 손을 흔든다(「바람의 열차」 중에서)'는 가냘픈 순정의 이미지가 바로 박영무 시학의 원류를 형성하는 원동력이 되고 있다.

다만, 매슈 아놀드가 말한 바와 같이 시는 가장 아름답고 인상적이고 다양하게 그리고 효과적으로 사물을 진술하는 방법이라는 논지論旨를 마음 깊이 새겨둘 필요가 있으리라. 시집 발간을 축하한다.